水に囲まれたまちへの反歌

永島卓

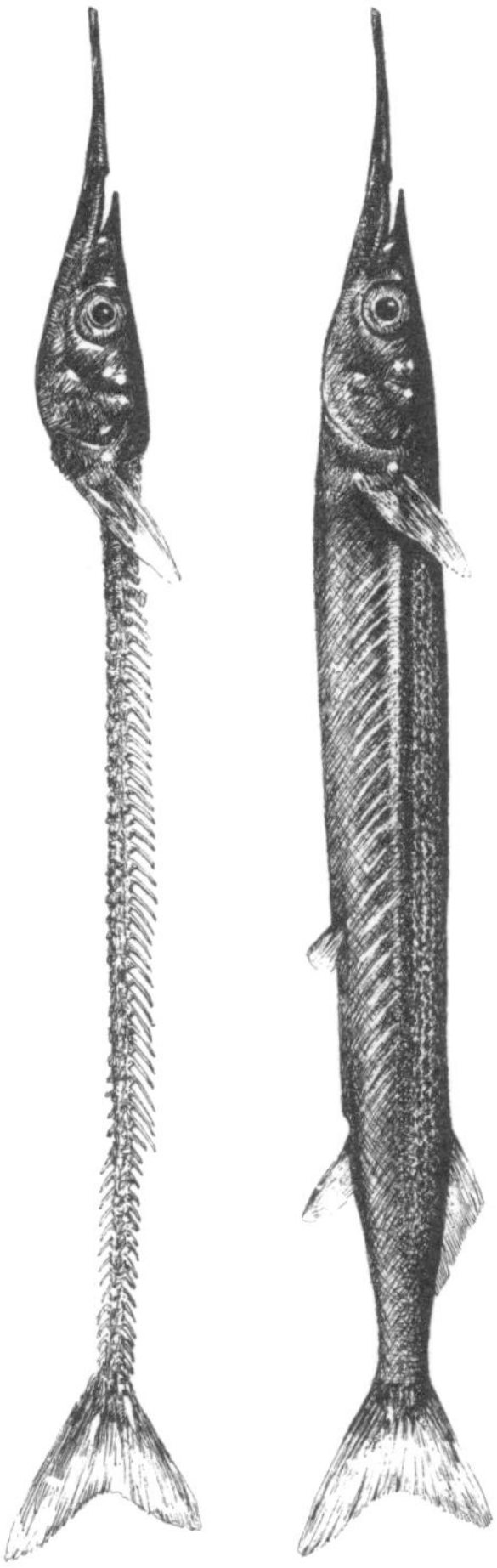

思潮社

永島卓詩集

水に囲まれたまちへの反歌

思潮社

目次

目次

装画＝杉浦イッコウ

水に囲まれたまちへの反歌

左岸

七月のあなたを待っていました昔からこのサガンのなかで
あなたが川の水を求めてみえることは知っていましたよ
駅前通りからイナバの神を右折すると黒い塀のはてがサガンです
捨てられてゆくものを許してしまう今日は不思議な暦ですね
昔の哀しい物語を詰めこんだ傷ついた道具や布袋が
路地に山積みされあなたを此処からお通しすることができません
ただサガンへお訪ねになることだけは特別に許してさしあげますわ
静かな室でノーゼンカズラとテーブルが薄明のなかで浮きあがり
わずかな一時ではありますが涼しい朝の匂いも呼んでおきました

白いドレスと少年の仮面を付けて立っているのがわたしです
かすかな湯気のたつ苦味のコーヒーをまずは召し上ってください
宛名のない駅へゆく最終便のバスはもう出てしまいましたよ
あなたはもう帰ることができなくなってしまったのです
風景でゆれうごく意味あるものの姿はすべて漂白されています
ほらっ庭を横切ろうとしているカゲロウはあなたのお母さんです
目を閉じてごらんなさい水の木を裂く音が聞こえてくるでしょう
目を開けてみてくださいい使われてしまった水が逆流してきましたよ
泡の壁を作る小魚たちがあなたの耳を愛撫しようとしています
あなたは水中でタバコをくわえ浮いたり沈んだりしているのですね
水が首に巻きつきあなたを見失いそうになります
さいごの見届け役としてこのサガンにいるのではありません
あなたと溺れながら次の水の物語を語り継ごうとしているのです
あなたが川の水を求めさまよってみえることは知っておりました

七月のあなたを待っていたのです昔からこのサガンのなかで

左岸＊通り過ぎてしまう町の奥に佇む店名

夫人

ニコラ・レイエスが*
耳のなかへ
入ってきた
しゃがれた太い声量に
引きよせられ
訪ねることができない
仮面の土地があったのだ
捨てられた
地図があった
若い時代に染めた

折れた柱によりかかり
閉じられた窓
隠された肖像画や
影で支配されている
廃屋はもはや
不毛の静けさのなかで
揺れうごくことはなかった
驟雨でさえぎられ
風景はにぶくかすんでいた
戻れない町とも
出会えることはなかった
走った
走ることで
空を塗る陰画紙は

みるみる変色していった
兎を追った
草を食べた
水を飲んだ
コップの割れる夢をみた
発車する合図の駅で
金属音のベルを掻きあつめた
別れの挨拶を
水が散る手で振りつづけた
帰れない列車に
挟まれていた
題名のない
旅をつづけた
空の木を切った

紙の家に火をつけた
曲り道に柵をした
眠った
渡ることができない岸で
眠りについた
固い井戸の底へ
落ちていった
誰かがそこに
居るはずであった
誰かがそばに
居て欲しかったのだ
空が裂けてゆく
入口もなかった
地が這ってゆく

出口もなかった
疲れた足を
曳きずるにぶい音がした
干上る川で
みえない髪を編んだ
風の隙間から
収縮する扉を信じた
涙を貯めた鏡が
背中を映していた
もう療えているのだと
言ってしまえばいい
越えていくことで
失ってゆくものを認めるのだと
言ってしまえばいいのだ

愚かにも廊下の手摺りを
摑もうとしていた
立ったまま支えきれず
倒れてしまいそうだ
積みかさねた水滴を
踏み締めた
身体の水分が
階段から広がっていった
溶けかかる花を
拾った
あのひとの
知らない振りをした
優しさに気付いて
詩のような

涙を流した
母を呼ぶ匂いがした
海辺へ行った
輝やいた渚で
手を差し出した
波頭が引いて
鯨の口のなかへ
吸い込まれた
ニコラ・レイエスの汗が
耳の奥へ入ってきた
犯されていたことを
そのとき知った

＊ニコラ・レイエス＝ロックグループ・ジプシーキングスのリードヴォーカル

道化師の伝言

冬の公園の片隅で、見物人のいないパントマイムを長い間やっておりました。語り継いできた時代の風景を呼びもどす物語も、やっと幕を引くことになりそうです。古い町並みをイメージする装置もなく、シーソーが置かれている砂場で、シナリオもろとも忘れられてゆくでしょう。汗を流してきた行為や、パフォーマンスを問う笑いや淋しさはともすれば冷やかに見られ、公園のそばの小川や草もあとかたもなく流されて、すこしずつ失われてゆく摂理の哀惜に涙するのはわたしの自由です。眼のなかにまだ残されているわたしの闇のなか、果物を盛る白い皿が、遠くから射す星の輝やきに照らされて、わたしは身の周りを糊のきいた黒服に整え、シェフが使うナイフを振り廻しながら慣れた媚をまだ売っていたのです。それでも複数の人称を演じるわたしは、時には別れや接近をくりかえし、背中を相互に密着させたままどちらでもない世界を作ろうと、疑問を抱きながら季節の春はもう来ないのだと言い聞かせ、寒さに凍てつく広場で立ったまま、望郷の唄に酔っていったのです。天幕を支えてきた星の梁に何度も飛びつき、パントマイムの無黙のなかで、小川の流れが小さな石で止められてしまうような錯覚も、筋書きのない飢えのなかで既に始まっていたことでした。

秋に行くまで

あなたの秋は
いつやって来るのですか
部屋の床は海に敷きつめられ
折り重ねた白い波の旗がひるがえり
焼付けされた魚や貝の写真も
皿いっぱい盛り付けられ
わたしは夏のふだす汗を流しながら
立ちつくしておりました
まだ残存している風景を

どこまで失っていけばいいのでしょう
海へ戻っていくあなたの声
海から運んできたわたしの舟
食卓に置かれた水差しのなかで
浮き沈みするふたりの思い出と
裸のわたしは魚の仮面をつけながら
夏は過去と
だれも居ない秋へ帰って行くのです
あなたが好きだった
皺深い料理人にも別れを告げて
なぜか溶けてしまう
わたしの長い夏

水に流されながら溶けてゆく

おれはきみの優しかった海なのか
きみは砂のなかのおれの夢だったのか
この幻影ともいえるかたちのない苛立ちは
いったいどこから来ているんだと呟きながら
水を張りつめたガラスの箱では
いくら叫んでみても伝わることはないのだと
つぎつぎ押し寄せてくる荒波で
からだ全体が激しく翻弄されてしまい
とても壁から越えてゆくことができないんだ

これでは水族館で飼育されているのと同じで
無性にやり切れないおもいが先立って
錘を尾鰭に吊しているみたいだ
使い馴れた箱の引出しを開けたって
五月のさわやかに吹く風の匂いは
もうとっくに白けていて
人通りのなくなったシャッター通りの
晒されたままの魚たちの店先から
にぎやかな噴水広場へ移し換えていたんだ
魚の顔をした老人たちが
ポケットに食べかけの経済新聞を挟んで
遊園地のゴーカートの無料券を手に行列を作っていた
きっと人工で造られてきた工作機械の
からだに響く臨床感の擬音が忘れられず

溺愛しながらなお掻き消されてしまう遺産を追っていたのか
あとから追いかけてゆく小魚たちも
一様に群れを作っては棒の切れ端を擦り合わせ
金切り声に似た鐘を鳴らしながら走っていった
ゆうかいだ
さぎだ
おうりょうだ
こどもごろしだ
おやごろしだ
ひとごろしだ
さかなのさかなごろしだ
ごろしごろしの昼と夜がやってきた
どの家や戦場でもごろしごろしが襲ってきて
囲まれた箱は四方を粘着テープで封印され

なぜか終結まで固定されたまま
時事速報を無数の鋲で壁に釘づけにしていた
なんたることだと打ちのめされ
なんたる不遜と倒れたまま
はるか水平の見果てぬ岸を印画紙に焼付けて
砕かぬ石を懐に偏愛した時代はもう跡形もないんだよと
水辺に放置された廃材がさらさらと風聞の砂で埋まってゆく
どこまで行っても青銅像の跡を追いながら
細い笛のひびきを受け継いでゆくのはもう疲れたよと
だれも乗らないブランコが水に押されて揺れていた
魚たちは沖合いまで流れてゆく夢のなかで
もう帰ってくることはないのだと
気泡となって蒸発する噂のたねを
蒔き散らしていたのかもしれない

箱のなかで笑っているものが居なくなって
手の届く階段と空にゆきつく梯子があるのだと
錯覚してしまうあさはかな是認に溺れかけ
プラスチックのうごかなくなった玩具を
凝りもなくもてあそんでいたんだ
同じ土地
食事と労働の汗を拭っては
同じ町
幾十年を数えては眠りに落ち
同じ凪
くりかえす朝の出会いを待って
くりかえしひきもどす水の渦巻くなか
走り抜ける運動会の歓声はいつも沸きたっていて
温もりだけを掌の皺で揉みながら

眠ったふりをしていたのか
水に流せ
目に帰る風景を水に流せ
海草の森をさらに沈ませ
蜃気楼みたいに茫々と
ぼんやり熱くなったり寒くなったり
箱はいつかは消えていってしまうはずだった
背広を脱いでしまえ
靴を捨ててしまえ
帽子を投げてしまえ
捨てきれるものの価値を
鍵のついた箱に貼りつけて
同じ眼鏡の物指しで暦を数え
気の遠くなる時間の作法に就いていたのだ

なんのためなんだ
だれのためなんだようと
水の張った内外壁の継ぎ目なく
きみの顔はおれの皮膚
おれの皮膚はきみの組織だと
言ってしまえばと
そんな身勝手な解読なんかあるものか
ワイシャツはいっぱい持っているからねときみの手が
群れを組んだり離反しそうなおれの片腕が
深い闇の穴へと強引に吸いこまれ
跳びこえてゆくこともできないまま
いつしか懺悔の水をも飲んでしまっていた
捨てられた時計の針をまた拾っては
辿る先々の上りも下りもあるもんか

吼えてみたっていいんだよ
吼えまくって縛ってゆくしかないのだ
からだを張って優しさの残り道へ入ってゆけ
いつかはきっと戻れますといったって
それでは約束の水を汲みだすことはできないよと
何遍となく許しを乞うこともできた有様だ
帰って来ちゃあだめ！
帰って行っちゃあだめ！と
どこへ行くにも帰るにもゆきさきなしの
隠れた水際なんてないのだよと
夜の軒下でぶらさがったまま
膨張してゆく箱のガラス壁が
一挙に発火するんだ
逃げろ

逃げろ
逃げきってしまえ
水の溢れたガラス箱なんてあるもんか
着けている身の回りのいとしさへ入ってゆけ
おかあさーん！と呼んでみろ
おかあさーん！と呼んでしまえばいいのだ
なつかしさで胸が裂かれてしまう舟を
行先のない海へ放してやれ
訪ねることをこばむ沈黙と
感受性で馳けあがる箱の階段を踏み外すな
だれも近づかない詩篇を水に侵みこませ
段ボールに梱包された漂白剤を
半透明なオブラートの壁に塗りつけて
真っ白にするんだ

きみもおれも真っ白になって
毀れた眼鏡のなかで
溶けてしまえと
声の行方を追いながら
きみは砂のなかで眠りつづける
おれの夢だったのか
おれはきみの額に流れる
優しい水なのか
と

夏の冬

原爆投下したアメリカの男がテレビで話す戦争

わたしの乾燥した八月の河に　だれも乗っていない船が
座礁して　客室には家具も調度品もなく　テレビが一台
置かれ　訪ねてくることのなかったきみが　杖をつき古
い靴を引きずりながら　なぜかテレビの中からわたしに
近寄ってきて　かってこれ以上失うものは我々によって
のみ回避できたのだと　胸を張り自身ありげに話をして
きた　積雲の層がテレビのなかに充満し　なお透視でき
ない白光した光の粒が　テレビの全面ガラスの奥から無
数に飛んできて　わたしは知らず知らずにテレビの中心

に引き込まれ　締めつけられる目や胸をさすりながら
いつしか狭いブラウン管の管道へ吸引され気を失ってい
った　しばらくして気が付くと　見渡すことができない
ほどの草原大地と　突きぬける青空がわたしの視野をひ
ろげていた　風もなく雲も森も馬も鳥もない澄んだ異境
の地に　ひと一人いない平穏も犯罪も触れられない　の
っぺりした明るさだけが絵葉書のように現出し　こんな
筈では決してなかったのだと　あらゆる自戒や弁明のな
い刃物の並んだキッチンのような空間で　許すことと同
じくらいに忍びよる留保なしの絶望がやってきた　その
とき　かならずきみは居た筈なのだが　何処にもきみの
姿を見ることができず　諦念に満ちた無言のなかでわた
しの膝は砕かれていった　きみは答えられることのない
時代を折り畳んで　型組みされた微笑で通過する列車を

見送るようにして　わたしは胸の噴怒を忘れてしまいそ
うになっていた　八月の河を渡る船で　垂直に輝く渇い
てしまった魚の版画を今日も売りに行こうとすれば　テ
レビのドキュメンタリーで仕組まれたドアーを自由に開
閉させるものが　はるか望遠できる河のなかで　夏の死
がまた告げられようとしていた

紙の旗

あの別れが最後であったはずの
ことばの意味とは何であったのか
だれも予想しなかった出来事が
真昼の電車に乗っているみたいに
さりげない顔で行われながら
帰る花道の筋書きづくりなどという錯覚を
だれが許してしまったのか
染まった仮面の旗を遠くに見つめ
灰色の雲がたちこめる砂浜で

古い義足を付けたわたしは
底深い砂地に首まで埋まっていった
閉じられたままの地図の
そのあかりを探すものたちによって
海は以前から荒れたままだ
坂にそって傾いた木造のホテルで
きみが育ててきた魚の兵士を
もう隠してゆくことはないだろう
泡のような生暖かい風が吹いて
しだいに気が遠くなるような長い時代の怠惰が
ゆっくりと通り過ぎていた
訪ねてくるものへの淡い動揺や
さらに留まってゆくいとしい土地もなく
わたしは何度も塩辛い水を飲んでは吐き

頭を岩に打ちつけては溺れていった
熱唱していた唄をまだ繕いながら
捕われの身であったことを
なぜこれまで気付かなかったのか
ホテルまでの道は幾つも曲がって
周期的な寒い雨が降りつづいていた
読みのこした新聞を水に溶かし
封印された窓という窓を叩き
粉々に散ったガラスをまた拾っていた
差出人のメッセージは何処へ行ったのだろう
醒めたまま眠りにつくだけでいいのだと
だれかが耳もとで囁いた
閉じられた貝の記憶が引き潮と共に去ってゆく
わたしは過去の手紙を畳んでいて

望郷を問うときの遅延を逸しながら
次なる夢もまだ夢の残り火として蓄えていくのか
荒れた海から打ち寄せてくる波が
薄い紙の旗となって離れていくとき
もっと危ない寂しさがやってくるのだと
きみに教えられていた

仮死の夏

灼けつくような日差しがたちこめる夏の午後　背中や腕へ流れ出る汗をそのまま任せ　くらむような目眩で頭がずんずん痛くなってしまうなかで　わたしはただ呆然と立ちつくしていた　昔から　わたしの家には川が流れていて　よく裸足で魚を捕ったり水遊びをしたものだ　今年の家のなかも異常に熱い気温に包まれ　思ってもみなかった川の水が急に泡立ちはじめ　玄関や勝手口や縁の下まで水が洪水となって押し寄せていた　わたしは呆気にとられ　おろおろしながら立ち往生するばかりで

水が膝から胸から喉仏までどんどん上がり　やっとの思いでからだを支えているのが精一杯であった　背伸びをしながら爪先で水中を歩いてみると　家族や友人たちまで真っ青になって浮かんだり沈んだりしていた　これはもう駄目かなあーと片手で床柱に摑まり　出口はいったい何処だと探しても　目で追いかける世界の範囲も狭くなり　途方に暮れているばかりであった　足を蹴って立ち泳ぎしながら　馴みであった昔とゆう女の部屋へ潜ってゆくと　かって自慢の細っそりした肢体はなく　鱗がにぶく光った雷魚の太い尾鰭がくねって　昔の媚を投げながら助けを求めていた　わたしは女の首を小脇にかかえ　家族や友人たちの肖像写真を横目に　水分でぶよぶよ膨れあがったわたしのからだも　いつのまにか暑い夏の重みと共に　家の床下へ沈んでいった

弁明

壁に張りついた鏡の扉を押して劇場へゆく暗く曲がった道をわたしは遠い星の思い出を見るように歩いてゆきます。すると宿命的に深い緑色の小高い丘や川の音や鈍い光りが沈む黒い建物たちが何も描かれていない白い画用紙のなかで消えてしまうのです。停止したようなこの空間は開演のベルやプロンプターの囁きの合図があっても後戻りすることはできない位置にあります。稽古をしないわたしに与えられている時間は間違いなく鏡の外から写す風景で指図されているような気がして劇場では誰も知らないところで終演する仕組みになっております。出し物は一分に一回は笑わなければならない劇でわたしは科白のない群衆の一員であります。ただいつも下手と上手の渇いた糸のように張りつめた片隅でもうひとりのわたしと向かい合って立っているだけです。それはわたしが一本の灰色に染められた棒を背負い直立しているだけであります。そうなんです。わたしはわたしの肉体を一本の棒にそれぞれ仮装させてしまわなければならないのです。さらには長い時間をかけて少しずつからだを風化させてしまいたいとも思っています。このようにただ立っていることはしごく簡潔したことのようですが時間が経つにつれてなぜかわたしは少しずつ不安定に揺れてくるのを感じます。ともすれば横倒しに傾いてゆくような錯覚に惑いながらなお立ちつくしていることが今のわたしにとって最もふさわしい形式だとも思っております。振り子のように揺れる感覚がわたしは届くことのない大地のようなものがもうひとりの幻のわたしの弁明を何故かいつまでも支えようとしているのです。

ニック・ユーサーに出会った場所

なぜって言われても、此処に立っているのは、ぼおおーんぼおおーんと風は鳴り空は太く伸びて、風まかせの梯子が、どちらに倒れてゆくのか見定めてゆく場所。

どんな目に遭ったたって、どんなに深く帽子を被って往ったたって、男はかならず帰ってくるものよと、気が遠くなるほど留守番をしている狐の仮面を貼りつけた女が言っていた。

いつまでもそんな戯言を口走っていたのかと、夜明けのゲートは閉じられたままだが、それでも空はどこ吹く風よと、まだまだ他人のように優しく澄み切っていて。

月日を何度も重ねてきた坂道を、滑るように走ってゆく。何も変わるべきものはなかったと呟きながら町並みの樹葉は痩せ細り、狐女が店先で並べた鉄のナイフは、使い物にならないくらい錆びて。

毎日糊のきいたシャツとネクタイを二重三重に締めあげ、暦を繰り返すメッキ加工の金色のバッチをかざしてゆけば、借りものの化粧で、画一の風景は同化の世界へ入ってしまい。

公園で設営されたサーカスの円形舞台に張られたロープの両端を、必死になって離すまいと縋りつき、ブランコのように大きな輪のなかで、いつも逆立ちしていなければと。

いつかは狐女の手首を引いては、昔の町の階段を踏み外すまいと、透き通った水の夢や、爽やかな風に触れながら、眠りについた森の溜息を聞いていた。

きっと至近に動いているものの、微やかな予感に気をとられ、耳を欹てながら低いうめきを掌に擦りつけ、いつしか宛のない手紙を出していた。

長い旅が刻印された日付を、一挙に消してしまいたい。

何もできなかったことへの後悔を、埋めるものは何もなく宙吊りになったまま旅は続き。

捨てきれるものを、また拾って捨ててなんだかんだと口合わせのように罵りたて、埃ひとつない仕切られた台所で、大事にしていた果物皿も落としてしまい。

徒労か倦怠か絶望か、満たされてゆくはずの水が、なぜか泡立つとき、一切を断ち切る一個の火打ち石を、まだ未練がましく握りしめ。

狐女の嘲う甲高い声が、地下の水路に吸い込まれ、伝えられない否定形の紋様が捏造されてしまう穴の開いた土地、立ちつくす空がぼおおーんぼおおーん鳴り響き。

ニック・ユーサーの色紙が「秋冬」を唄いながら狐女を横切ってゆくなか、寸分たがわぬ同じ顔ぶれが、前後左右に並んで口笛を合わせていた。

遥かむかし昔の、泡末となって砂が引いてゆく、誰も知らなかった狐女がみつめる海のなか。いまも低い独白の唄が聞こえてくる此処は、出口も入り口もない水に囲まれた場所。

とよはま

豊浜へまた来てくれますかと問われれば
拘束された水門の扉を押してゆきます

波頭から瞬時の強い白光帯で眼を焼かれ
冬の坂道や断崖が視えなくなりました

魚が集まる渚の嬌笑でなぜか怯えつづけ
水に晒され自戒に耐えているのです

許されない諍いで充血した鰓を剝ぐと

母が昨日ばかりを吹聴しております
毀れた舟や古い通信機を並べた琴美の店で
魚介類の焦げた匂いが大皿に盛られています
夜を照らす街道の柔らかい深みを測り
旅の空は渦巻く水で仄かに震えております
畏縮する風景を写す我執に足踏みをして
海は沖へ沖へと行こうとしているのです
また豊浜に来てくれますかと問われれば
波立つ危険な岸壁で待っておりますと

＊一九九九夏・角谷道仁、板倉道子と愛知県南知多町豊浜にて

変装術

たとえそれが二重三重であったとしてもこれは仕様のないことであります　舞台によって着ていた衣裳や表情を一変させることもできますし　すり替わる早業だって心得ています　殺風景なこの位置とは　だれにも犯されない禁猟区でもあったのです　わたしは変らなければならないという宿命を密かに賭けていて　巧緻に仕組まれているこの世の生きざまを台本通りに見せているだけなのです　筋書きにそって風の舞台の周りを　宛もなくぐるぐる巡っておりますと　予測できない暗転がやってきま

す　なにも見えない瞼の奥のひろがる白日の闇と　見過された砂ぼこりの空の穴が見えるはずです　わたしがわたしであるという是認と共に　わたしがいつのまにか複数の他人となっていることに気付くのです　演じるものと演じられるものを見ている立場とが　それぞれ凝視し合いながら　反転していく痛みで眠れなくなってしまうのです　衆目の前面や背後で微動だにしないきびしい約束手形が備えられていることだって知っておりますよ　凍った鍵を壁に差し込み　何も叶えられない虚しさを抱きながら　重ねられてゆく歳月を追いかけているのです　空を切るように水の流れない川で　幾つもの水の音を越えようとしております　そのときわたしは全身が硬直してしまうのを止めることができません　風の舞台に取り残されている毀れた額縁があたり一面に散らばっており

ます　ヴァンダーリッヒの描くまぼろしの姉妹たちがやってきて　わたしを口煩く罵っているのです　かぎられた蔓の触手に伝わってくる脈絡で　わたしは身動きできず屈折した階段を降りてゆこうとしています　仮面をつけて歩き廻る足を　これから何度も蘇生させてください　売られていく海の商人が積み込む鱗の溶けた魚たちを買ってみてください　縮むかたちで痙攣しつづける風の舞台は　境目なしに細かくひび割れて　羽根のない鳥たちが壁に貼りついております　失意からのがれては透きとおる口笛の響きを　長い時間をかけて聞いておりましたたとえそれが変らなければならないひとつの暗転であったとしても　わたしの時計は渇いたままで空に吊されて時を刻んでいるのです

海から来た男

かって賑やかだった商店街の路地に立つ夏の日
海から来た男とゆう看板の店に立ち
ガラス越しに小鯵の群れが泳ぐ水槽の扉を押すと
一気に大波が押し寄せてわたしを中へ巻き込んでしまった
激しい水の勢いで渦巻く流れをどうにか避けようとするのだが
口や鼻孔から多量の塩辛い水を飲んで溺れそうになり
それでも少しずつ肌の感覚が馴れてゆくと
しばらくして水中でも自由に呼吸ができるようになり
魚たちと同じように泳ぎ回ることができてしまっていた

見渡すと友人の顔をした平目や蟹たちも集まってきて
切ったり焼いたり煮たり干したり何でも自由に料理してあげますよと
わたしが守りつづけてきた食卓の夢を白紙に戻そうとしていた
知覚する肖像画や反復してきた礼儀作法も忘れ
帽子も手袋も下着も剝がれ全裸にされたまま
いつしか魚たちの会話の泡に浸っていった
ときおり侮蔑の小さな目で鮫たちが通り過ぎていったが
鋭い銛を待つ気配はなかった
もう波頭もなく魚たちは横たわって浮いたまま
わたしにすり寄ってきては通り過ぎてゆこうとしていた
人通りのないまちなかの海から来た男の店で
わたしも同じようにからだをくねらせ泳ぎまわり
いつしか帰る所を忘れてしまっていた

水の報復

もうひとりのムランジラ・エマニエル氏の消息

靄に包まれ空の幕が降りようとしている公園の遊具に乗
ってわたしは溶ける水を飲みつづけ

風が少し吹いているなかで身体に宿った物語の結末を満
たそうとしているのではなかった

宙に浮きながら水を飲むことでいつかは解体されるもの
があるのかと思っていた

見上げるような空の梁から精巧に細工された明りが樹木
たちの緑葉に差しこんできた

出会いや別れの切ない想いを井戸の深い沈黙と同じよう
に喩えてみたいと

いつも立ち停まってはくりかえす区画された町のなかを
走り抜けながら水への夢を育んでいった

白昼夢に輝やく水へのゆるやかな錯誤の沼に気付いてい
なかったのかもしれない

団欒という枠組みとは裏腹に擬装された過去の砂袋を抱
えながら水の波浪に翻弄されていった

水を飲みつづけていれば口元からも溢れだし空は水浸し
になってだんだん水嵩を増して
いつしか空は魚や貝や海草がゆれる水族館に変ってしま
いわたしも消毒液の混じった水に浸かっていた
気がついてみると肌に隙間なく何百枚もの銀の鱗がびっ
しり張りつけられたわたしは一匹の魚になった
唇や鰓で水を飲んだり吐いたりしていくと昔から行われ
てきた習性へいつしか馴れていった
水中でも楽に呼吸や排泄ができ不思議なくらい水を飲み
つづけることに苦痛がなくなって

このまま暫くは此処に居たいものだと思ってみたり一方
では水に任せていく浮き草でもと

急に脇の通水管から食べ残した野菜屑や小骨の匂いが詰
まった集水枡の巨きな渦巻きへ吸い込まれ

脱けでようと廃墟の公民館でわたしの首や肢体は攪拌さ
れて元の姿に戻ることはなかった

これまで大事に持ちつづけていた手紙が見付からず従順
に染まる藻のような時代の寛容をも許していた

消された名前や浮いたままの細かい雨の粒が死んだ空に

ぎっしり層をなして積み重ねられていった

梱包された微笑で伝えられる終末処理場の養殖された魚
達が助けを求めていた

光りが屈折する水に浸りながら今日の週刊誌を開くと探
していた手紙が影絵となって写し出されていて

呼子

石橋広美に

きみがいつも
空を見上げ
出掛けていったことを
忘れることが
できない
仕切られた枠で
投げこまれていた
既成のボールを
受けようとしていた

帰らない三月
雲が
流れていた
部屋から家族が
出ていくのを
見ていた
窓際で
一人になっていることに
気付いた
川に行った
舟に乗った
波が寄せてきた
象の夢をみた
空の積木が

崩されてしまった
ぬれた掌を拭いた
解読できない
空に向かって
ボールを投げかえした
取りもどすことができない
譲歩へと
にじり寄っていった
好きな席へ
移るがいい
「やあ」と
暗黙で手を挙げながら
風景の単調さに
だれも振り向かなかった

いちど通ってしまえば
なんでもないことのように思えた
どちらにしたって
同じ場所へ
辿りつくはずであった
十六の川*と
二百三十五の橋*を
歩きつづけていた
平坦を装いながら
渡ってしまえば
いいのだ
帽子で目隠しされた
朝の約束は
白紙になっていた

待たされる
四月の微笑は
捨ててしまえ
落下するまぼろしの
花びらを
駅で拾いあつめ
さようならを
言うな
失ってしまった童話を
思い出の食卓に並べ
賑やかな饒舌を
監視するのだ
刻まれた
時の報せが

許されていけば
許されない背中を
追っていくしかない
後方の闇が
少しずつ
迫ってきたとき
きみは立ったまま
倒れていった
正視した婦人の
叫び声が
雨のなかを
走った
色あせた背広が
皺の塊まりとなって

小さくなってしまった
異国の画家の
固定した青空が
円筒の群列とともに
溶けていった
右手を
弓なりに反らせて
渡すことができない時間に
立ちつくすわたしを
打て
店先で
飾りたてている
赤いリンゴを
噛み砕き

すべての転換を
試みるのだ
靴を脱げ
指輪を外せ
享楽を捨てよ
電話を切れ
鏡に収斂される代価を
いま支払うのだ
蒸発した水滴の跡
安売りの会議は終った
解雇の通知が
水槽の海に散乱していた
曇天から降りてきた
小鳥や蝶たちが

涙の枯れた地図へ
帰っていった
夜の時間よりも早く
飛びたっていったものよ
朝の時間よりも遅く
着地しているものよ
蒸発した寝台から
大きな呼吸をして
きみは横になったまま
走りつづけていった

＊十六の川と二百三十五の橋は碧南市内を縦横する

挨拶

さようならとゆうことばでいろあせないうちに*あなたに
　さようならを言います

さようならとゆうことばがいろあせたときわたしは此処
から出てゆく機会を失ってしまいます

これから桜の咲く季節になってもあなたの居る場所にふ
たたび戻ることはないでしょう

あなたやわたしにとってそんなことは充分すぎるほど知
　りつくしていることでした

こんな時あなたに対して未練がましい言葉や悲嘆にくれ
　る顔でもしていないと世間が承知してくれません

あなたのところから出てゆくことは宿命的に遠い昔から
　決まっていたことなのです

根なし草のように流されてこれまで過重な荷車の後押し
　ばかりしておりました

引いてみたり控えたりとか人生の気配りの意味は壊れか
　けた鏡を貼り合わせるようなことでもありました

これから海の見える草原に立って何処へでもゆくことが
できる晴れがましい気分になれそうです

ましてや春に立ち止まったときの岬の柔らかな空気がこ
んなに綺麗なものであるとは知りませんでした

これまでわたしに預けてくださり入口が見付からなかっ
た約束の旗をお返しいたします

子供が走りながら菓子を求めてゆくように時代はわたし
の行方を待っていてはくれません

少しずつ軽くなってしまったわたしの作った不器用な魚

の化石も差上げます

それでも掌に余りある想いを込めて風が吹く下り坂の分
岐点でお渡しすることができそうです

能面をつけて表情を失った人の形をした影達がわたしの
肉体をすり抜けてゆきました

わたしはあなたの施錠を解いていちばん短い黄昏の日々
を送ることになりそうです

コップのなかの朝を水のようにしてパンを引き裂きなが
ら生きてきてしまいました

洗いたての白い皿を並べてみるとわたしにはもうあなたに届くほどの捧げるものがありません

もうそんな悠長なことを言っていられないほどわたしは出口のない函を開けてみようとしています

これまで悔恨の家に触れたりすると積みあげられた壁の隙間からあなたの声が返ってきました

痛んでいた頃と同じようにあなたの声でわたしの手は曇った空を摑みながら涙を拾っておりました

ましてやあなたの唾液を飲み込めばいつもわたしの眼は疲れた苔で一杯になっていたのです

これからわたしはもうひとりのわたしとゆう仲間を口中
からなぜか故意に繁殖してゆくことになりそうです

＊小池亮夫詩集『平田橋』より

混在

いつも背中合せの世界を見せてしまう鏡のわたしの仕事
や休息の前後をうつしだしその姿を遠方へ追いやったり
親しげに引寄せてみたりして………

沈黙することを強制しかろうじて成り立っている長い時
間を守ろうとする約束の位置は一編の告白もないままわ
たしは………

以前から知っていた顔や知らずにいた顔を歳月のなかで

溶けこませ初めて出逢ったときの卵の殻のすべすべした
空気のような微笑をわたしは偽造しつづけ………

発言が全ての崩壊を意味する前提であれば頰を打つもの
石を投げつけるもの足を引っぱるものの影のような道を
通ってゆけばわたしの行手の朝は夜は………

窓はいつも閉じられていてもいいとゆう咲くことのない
鉄の花や凍った風景のなかでわたしはこれ以上部屋の呼
吸に耐えることが………

降りつづける過去の雨のなかだれも歩いていないのに足
音だけがゆききする夢から急にさめてわたしは鏡にうか
ぶ背中の海を泳いでいて………

夏の人影

薄暗がりの夏の雨が降るなかで束縛され引き継がれてきた縄で編んだ低い家が列を組んで並ぶなか
人の通らなくなってしまった道は雨の音だけが大きな波のうねりにも似て強く弱く響きわたり
約定に覆われてきた沈黙になお閉じられてゆく一人の部屋で一日の長い時間を抱えていれば

季節の去った遠い川の囁きから砂を嚙む海に向かう旅へ
　夢を見つづけてゆこうと

身体の首や足のあちらこちらに穴があいたまま息をする
　ことの難しさで身を横たえ雨音をそば立てて

風景へ寄りかかることなく一方では匂うような地平を描
　く息使いのために時として窓を開けていたかも

粘っこいプラスチックゴムみたいな肌色の部屋の壁とい
　う壁が音もなく溶けだしてきて

わたしは知らず知らず壁へ全身が包み込まれそうになり
　ながら床と共に崩れ

天井の縁から吊されている球体スピーカーから家族の哀
　願や争いの声たちが部屋に飛びかい
不信の声で侵蝕しようと軋む音が断続的にいつまでも窓
　枠を痙攣させながら焦点を濁らせて
白いナフキンに映る机のひとつの作法を語る古風な顔た
　ちが引出しから口を泡にしながら出入りし
季節の早熟な無花果が買手のないまま取り残され部屋に
　浮きあがったまま
雨具もない部屋で囲んでいる壁が縮まり読みとれない暦

もわたしと共に何枚か床に染みこんでゆき

いつやって来たのか再び会うことはないと思っていた母
が床に沈みかけたわたしを救い上げようと

家の周りを息を切らせて何回となく走り廻りながら子供
の背を押していった遠い記憶

これこそ子供の胸の中でしか見ることができない老いた
母の走りつづけてきた姿であったのかと

問いかけてくるのは影なのか母なのか窓の外で過去の手
鏡をかざして霞んでゆく道のなか

端役

舞台のうえで強い照明にさらされて好い気持なんてありませんよ。胸の鼓動を手にやりながら好き勝手にやってるなんて思ってみないいんですが人様からみたらそうはいかないことって色々あるんですね。科白を憶えたり朗読することなんかこっちはそれほど気に掛けることってなかったんですがそんな毎日の劇場へ通う明け暮れで言い訳じみるようだけど家から流れてゆく川のような昔の義理は欠かしちゃあいませんよ。こっちの顔も少しだけ見てくださいよ。斜めからでも見てくだされば舞台の裾に滲んだ汗がわかるはずですよ。まだまだ粋のいい顔を少しはお見せできるはずです。あなたの言うことだけは芝居と一緒に聞きますよ。ひょっとしたら芝居よりあなたに惚れてるのかもしれませんね。もう何と言われようとも何を投げられようとも犬のように塀を飛び越えてみせますよ。顔を洗って出直してこいと言われたって今まで黙って足腰の練習や発声練習をしてきたことが無駄になってしまうじゃないですか。よくもそんな科白がぽんぽん言えるのかと歯ぎしりしているだけでは面白くないですよ。そんな冷たい仕打ちがあるんだったらこっちだって世間の手前黙っているつもりが今度とゆう今度は顔を洗って出てゆきますよ。と大口叩いてみせてみたい願望を振りきる仕草で振り返ってみることだってありますよ。

ところがだれも居ないはずだったのがこっちの真後ろにあんたと同じ型をした微笑のカードを何枚も重ねるようにしてこっちの出口を塞いでいたんですよ。こっちもかつで手の打ちようもありませんでしたね。これじゃあすべて八方ふさがりでどうにも身動きできません。舞台へゆく衣裳はかならず土色の背広で土色の綿のシャツですべて土色でしたよ。習慣の川を渡りながら染まってゆく毛髪のはての舞台のうえに皺のある白いベッドが置かれておりました。さあ朝の科白のような味のこもった歌をうたいませんか。汗だけで流れる歌。醒めながら身体が硬直する歌。お早ようございます。こんにちは。いやあ。お久しぶりですね。じゃあぜひまた。ごきげんよう。懐しい小さな微笑を受けながらこっちはまた舞台へ向かう階段の世界を見つめてゆこうとしているのです。

やぶきの光と風はユリカモメ

宮園洋に

　風もなく　無数の岩が空に敷きつめられた曇天から
急に晴れとなってしまった三月　突然はるかな地より届
けられた一枚のハガキで　ひとりの装幀家の死を知り
わたしは長い過去の列車に乗っていた　早朝の岡山駅で
まだ一度も訪ねていなかった緊張に胸を詰らせ　細川へ
行く道のキラキラした光りがさす町並みや公園の若葉は
萌えはじめ川辺で自在に飛び交うユリカモメの群れが
青い空の高みから水面すれすれに落下していった　ギャ
ラリー「やぶき」の小さなドアを押すと　きみが描いた

多くの親しいポスターや装本が壁面やテーブルに並べられ　静かなただずまいのなかで　きみを惜しむ装幀展が開かれていた　わたしはゆっくりと目をそれぞれの作品に凝らせてゆくと　なぜか薄明りの片隅で　そこに居るはずのないきみが立っていた　わたしはあまりの事実に驚きながら幾度も目を拭い声をあげそうになって　全く予期しない出来事に首を傾けながら　咄嗟に腕をのばしてきみを抱えようとしたのだが　どうしても腕を振っているばかりできみを捉えることもできず　仄かにゆらぐ陽炎のなかをぐるぐる歩き廻っているしかなかった　壁面に架けられた奥で詩人の悲しみが注がれている遠い夏の　消えてしまった水溜りに沈むコップの破片を　まだ大事に見つづけているのか　精巧な複製で再現したとおもわせている過去の風景が溶けていってしまうとき　だ

れも信じることができずにいた寡黙な石は　わたしの身体に突き刺ったままだ　きみは無言のまま遺された一篇の詩を　渇いた唇に当てたまま　ぎこちない手話でわたしに語り始めようとしていた　きみに会ってからこの二十七年間　装本がいつも一過性のものとして従属されようとしてきた羞恥を　見過されがちな扉を開けるときのおののきと触発の冒険を　わたしはあたかも当然のことのように気付かぬまま　延々とその作法とやらを無意識に受けとめていたのかもしれない　告げることができなかったあとの　震えるほどの人恋しさに耐えながら　寂寥とした風と声の鳴る長い旅は終ろうとしていた　キラキラした細川の空は一変して　また無数の岩がかぶさった重い曇天に急変していった驟雨が　もうすぐやってくるのかもしれないのだ　生とも死とも境い目のないとこ

ろで届くことのない「やぶき」の固められた窓から　き
みは煙りのようにユリカモメの群れのなかへ翔んでいっ
てしまった　装幀展の会場も暗緑色のゼリー状になった
絵具で　いつのまにか跡かたもなく塗りつぶされていた
そこにはもうわたしの居る場所はなく　きみが去ったと
きの羽ばたきの幽かなざわめきを　わたしは耳を澄ませ
いつまでも目を閉じて聞いていた

密会

えがきつづけた思い出が映る鏡の街へ帰っていこうとしていた
だれも気付かないまま素足で硬い扉を押して走った

かならず辿るだろう郷愁を駆り立てるのは何であったのだろう
町なかへ紛れ込むのはわたしであったのかきみなのか

夜明けの部屋のなかは記憶が薄らぐほどの空白のときがすぎ
隠れ家をめざし転々と移動する神経を持ち合わせていた

発病を予測する繊細な儀式の曲でわたしの手は青ざめ
雨のなかで孤立したまま顔のない白い服のきみは倒れ

逃げることと同じように救われない温情できつく首を縛られて
身動きできぬ昨日の犬が長い舌で一杯の水を催促していた

星も輝く真昼を思わせる夜に大人の目をした子供たちは生れ
古い寝袋から抜けだして情死した人形の涙を拭きつづけ

手品師が操る表裏の世界で額縁の中のきみは一瞬にして炎に包まれ
風は嵐のように波打ちながら鏡に映る街は他人の顔に変っていた

真昼の夜に染まって

夏の真中息もつかず
真昼の流れる川に
圧縮された夜はやってきた
汗噴く位置に立っていれば
細かな石が止めどもなく落ちてきて
辺りは一瞬真っ暗で逃れる場所はなく
生き埋めにされてしまいそうだ
きみと呼び合っていた淋しさで
辿る道々を探したがどれも死角であった

これまでになにを庇ってきたのか
さざ波の立つ沼を見ては
幻の岸に近づいたと錯覚し
溺れかけていたのに気付かなかった
揺れる裂け目や地滑りが続き
手を差しのべることもできないまま
長い長い時間が過ぎていった
沈黙のなかで見つめている石のような眼や
騒ぎたてる怒号や嘲笑の矢鏃が
照明を消した舞台で演じられ
噂に媚びた拍手は鳴り止まなかった
区画された位置で黒子となって
塗りこめられた能面の記憶に酔いながら
磨かれたコップの中の恥を知った

目が追いかける断たれた川を
吃音の水が支え
空に映る魚の姿は見えず
石は夜に染まって膨らみながら
青白く沸き立っていた

昔歌ったはずの

昔歌ったはずの港の見える丘へ行こうと
青く晴れた空や風を抜けると夜の海であった
波打ち際で夜光虫になったワタシの顔をしたキミが待っていて
島まで泳いでゆこうとキミがワタシの手を引いていた
沖へ出るとなぜか分からないまま記憶がゆっくり消されていった
そこはあちら側でもこちらもない地籍不明の無番地で
寄せたり返ったり宙ぶらりんの錘のついた浮袋にしがみつき
髪の額の眼の鼻の唇の歯の頰の耳の首をくまなく泥絵具で塗りながら
海を十文字に区切った額縁のなかへ
過去が積み上げた顔写真の破片を合成していた

四千三百八十日が瞬く間に過ぎていった
地震だ台風だ洪水だ崩壊山岳だ差別社会だ通り魔殺人事件だとだが連発され
貧困を暴力を倒産を介護を救済支援をとをが嗚咽を届けた活字になって張り出され
失った看板場所や商店街で操り人形になって
混み合った喫茶店の客席も口を閉ざしたまま
薄いアメリカンコーヒーへ全ての問いが注がれていった
架空のヒトガタが行く土地の波紋のエリアは次々と広がりつづけ
筋書き通りに届けられてくる輪郭線はニュースの上を滑っていった
粉々に散ってしまったキミとワタシはいったい何者なのか
溶けない石の造花をさらに沖へ投げると
くりかえす波頭は引き潮のように逆流しつづけた
昔歌ったはずの港の見える丘のフレーズを
消しゴムで白い紙の上になぞってゆくと
泡立つ声がまだ飛び散ったままだ

きょうはきのうのあしたです

あなたの朝の海をわたしに売ってください
わたしの星の空をあなたに買ってください

新しい風紋の道に迷ってしまい
これから始まる出会いや別れの切なさを
誰に告げればよいのだろう

いつも知らないふりをしながら逢っていて
いつも指を結び合いながら

見つめあうふたりの勇気と信頼を
愛しい土地に賭けながら
さわやかに光る旗を夢みていたのです

樹葉から落ちる透明な雫を掌に包み
寂しさで震える川の物語を
遠い昔のように知っておりました

わたしの水の筋肉をあなたに買ってください
あなたの空の野菜をわたしに売ってください

＊二〇〇八年一月碧南市成人式パンフレットに

後書

わたしが住む碧南市は、愛知県南端の一部に位置し、南北に細長く伸びた土地に七十七年居住している。この土地は海と川と湖の四方を水に囲まれ、まちのなかは十六の川と二百三十五の橋が架かっていて、橋を渡らなければ何処へも往けない宿命的な風土があって、詩を書き続けていることも、同じように渡らなければならない、わたしなりのささやかな自由の場を、確かめうるものだと思っているところであります。

改めて、前詩集からこの詩集に至るまで十九年が経過していることに気付き、かつてこのような機会を持とうとした時はあったのですが、いまその時間の長さに、或る後ろめたさと紛然たる想いをしているのが実感であります。しかし、わたしなりにふり返ってみれば、それもまた当然なことであったと同時に、これまで目に見えるものへの問いかけをいつも持続し、透視することができないもう一つの不安の世界を追っていこうと、目に見えないものに対する想像への触手と、現実の目で受けとめている社会生活の事実として並べられてしまう裁断の、容赦なく断定され拘束されてしまう或る規範のもとで、犯されてゆく誤差や落差に縛られたまま、このわたしの十九年間は、詩篇を纏めあげる作業を、なぜか躊躇していたというのが理由のひとつでもあります。

わたしの日常を囲む内なる未成熟な意識の廃墟化が広がりつつあるなかで、満遍無く表れては消えてゆく多量な情熱と事件と不安が束ねられ、また過去へ追いやられていく時代のなかで、変らないはずの重さを測っていると、「碧南」はいったい何であるのかと、反復と自省を込めて未然の問いかけのままになっているところであります。しかし、振り返ってみれば何ひとつとして結路はなく、いまなお、碧南に固執しようとすれば、事実と反事実の二重にせめぎ合う境目で、越えられない制御や危うい優しさのなかで接着と離反を重ね、わたしが今でも碧南であろうとすればするほど、歌はうたの位置にすり寄っていくものと、また一方では闇のなかで対座する層域のあるものとして、もう一人のわたしに出会う場でもあり、これはひとつの意思として届けられる、名付けようのないわたしの契機に替わりうるものだと思っているところであります。

この詩篇は、主に年刊個人誌「詩歌句」に拠ったものを中心としているほか、他誌等に掲載して下さったものを含め、改題改稿し掲載作品順序も制作順ではなく任意に配列したものであります。この詩集の制作にあたっては、装画を杉浦イッコウ氏、思潮社の小田康之氏にお世話になりました。

また、いつもご高誼をいただいている、梅原猛氏には大変お忙しいなか、帯文を寄せてくださりありがとうございました。厚くお礼を申し上げます。

二〇一一年二月・碧南市にて　永島卓

永島卓〈ながしまたく〉

一九三四年　愛知県碧南市生
一九六六年　詩集『碧南偏執的複合的私言』思潮社
一九七〇年　詩集『暴徒甘受』構造社
一九七三年　詩集『碧南偏執的複合的私言＋暴徒甘受』国文社
一九七五年　詩集『わが驟雨』永井出版企画
一九八四年　詩集『なによりも水が欲しいと呼べば』砂子屋書房
一九九二年　詩集『湯島通れば』れんが書房新社
一九九六年　『永島卓全詩集』砂子屋書房
二〇〇六年　現代詩人文庫『永島卓詩集』砂子屋書房

水《みず》に囲《かこ》まれたまちへの反歌《はんか》

著　者　永島《ながしま》卓《たく》

発行者　小田久郎

発行所　株式会社思潮社

〒一六二―〇八四二　東京都新宿区市谷砂土原町三―十五
電話〇三（三二六七）八一五三（営業）・八一四一（編集）
FAX〇三（三二六七）八一四二

印刷所　三報社印刷株式会社

製本所　小高製本工業株式会社

発行日　二〇一一年四月二十五日